오
늘,
꽃
을

보
자

오늘, 꽃을 보자

윤여칠 시집

오늘, 꽃을 보자
내일은, 저 꽃이 질지 모르니

좋은땅

시인의 말

내가 살아가는 많은 이유 중의 하나는 아름다운 사계절
이 있어서인지도 모르겠습니다. 그냥 자연스럽게 또는 너
무나 당연하게 우리의 삶 자체이기 때문입니다. 봄, 여름,
가을, 겨울 그리고 또 봄, 여름….

눈뜨면 파노라마처럼 펼쳐지는 사계절에 감탄하고 눈감
아도 아른거리는 사계절을 찬양하며 감사하는 삶을 살아가
고 있습니다.

이런 사계절의 순환 속에 우리들은 봄처럼 화사하고 여
름처럼 따사로우며 가을처럼 풍요롭고 겨울처럼 단단한 삶
으로 이어지면서 근원적인 행복감을 누린다고 생각합니다.

사계절은 일상이고 일상은 사계절이며 인생인 것 같습
니다.

시집 1권 『꽃처럼 아름답지 않더라도』에서 사계절(1부
봄, 2부 여름, 3부 가을, 4부 겨울)로 나누어 엮은 것처럼, 본

시집 2권에서도 같은 방법으로 우리의 소소하고 평범한 일상을 표현하여 사계절의 의미에 한층 더 다가갈 수 있도록 마음을 모았습니다.

　이 시집을 손에 들고 살포시 미소 짓는 여러분께 아침 햇살 같은 감사의 말씀을 올립니다.

2020년 11월 늦가을에

윤여칠

차례

1부
봄 2

2부

여름 2

3부

가을 2

4부

겨울 2

1부

———

봄 2

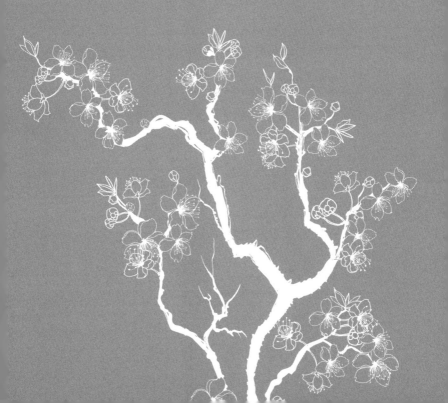

봄(매화)

봄은
2월에 서둘러 꽃을 피우는
매화인 듯

첫 생명의 봄 마중
화려하지도 수수하지도 않구나

백매화 핀 꽃길 따라
마냥 걸을까
홍매화 핀 꽃길 따라
한없이 거닐까

이른 새벽 서둘러
하루를 여시던
어머니 닮은 꽃

매화꽃은
기다림의 끝이며
설레임의 시작이다

그대 안에도

그대 안에도 꽃이 있다
멋진 꽃이 피어나
당신도 예뻐지리라

그대 안에도 별이 있다
반짝이는 별이 떠올라
당신도 빛나리라

그러니
꽃처럼 별처럼
당당하게 걸으시라

꽃길

꽃차를 마시는
마음으로
꽃길을 만들었습니다

그 길에
내 마음의 보석을
내려놓으며 갑니다

정겨운 사람들이
그 사랑의 묘약을
가슴에 담아 갑니다

그대의 길은
꽃처럼 아름다운 길입니다

꽃은

사랑스럽게
안아 주고 싶어요

어느 하나
예쁘지 않은 것이 없습니다

아침 햇살과 이야기하고
저녁 달빛과도 잘 어울리고요

아름다운 그리움에
꽃잎을 연답니다

꽃은
언제나 사랑입니다

꽃잎이 전하는 말

화려한 벚꽃이
지고 있습니다

찬란한 햇살 친구 삼아
이리저리 춤추며
굽어지는 길가 언저리에
가만히 내려앉습니다

늦겨울 길가에
마지막 남은 잔설처럼
연분홍 설렘을 두고
바람 따라 날아갑니다
또 다른 겨울을 지나 초봄을 기다리는
성급한 아이를 어루만지듯이

이 마음도 꽃잎 따라
긴 여행을 떠납니다

꽃청춘, 그대

꽃처럼 아름다운 그대
꽃다운 당당함의 그대
꽃스런 자태의 그대
꽃마냥 청신한 그대
꽃보다 향기로운 그대
꽃같이 놀라운 그대

청춘 그대,
진흙 속의 연꽃이며
장작 속의 불꽃입니다

내가

내가 가는 곳이 길이다

내가 하는 일이 내일이다

내가 보는 것이 꽃이다

너는 꽃

꽃은 아름답습니다
가꾸지 않아도

꽃은 사랑스럽습니다
사랑한다고 말하지 않아도

꽃은 싱그럽습니다
색칠하지 않아도

그런 꽃을
미워할 수 없습니다

너는 꽃이기 때문입니다

동그라미

사람이 있다

네모가 힘차게 구르니
사랑이 되었다

네모가 부드러워지니
또 사랑이 되었다

사람은 사랑이다

먼 길

먼 길이 이어지고 있습니다

오른 방향으로 굽어지고
왼 방향으로 휘어지며
그 길을 걸어갑니다

하늘을 향하여 곧게 뻗은
화사한 벚꽃을 보며
벚꽃 비를 맞으면서
즐거이 걸어가기도 하고

휘영청 달빛 닮은
수양 벚꽃을 보며
그 흐늘거림에 취하여
부드럽게 걸어가기도 합니다

길이 보이다가 안 보이고
안 보이다가 보이고

오르락내리락

끝없는 그 길을

또 다른 사람이 걸어갑니다

긴 세월 지나

언젠가는 다시 돌아와

흩날리는 벚꽃 잎만큼

많은 사연을 이야기하며

희끗한 머리카락을 날리겠지요

오늘도

그 정다운 먼 길을 걸어갑니다

봄바람

봄이 오니
봄바람 함께 불어오고

봄꽃이 피고 지니
너도 나도 봄바람 났다

봄이 기도하는 봄바람은
사계절의 평화이다

봄 색

봄은 진녹색이다
오월의 신록이 가득하니

봄은 연녹색이다
사월의 향연이 피어오르니

봄 색은 연겨잣빛이다
3월의 청신한 얼굴을 살며시 내미니

봄의 속삭임

이른 봄 강가에는

달콤한 공기와 간지러운 햇살이
나를 유혹하고

따뜻한 땅에 기대어 선
큰봄까치꽃이
수줍은 듯 말간 얼굴을 내밀었다

강물 속에 몸 숨긴 갯버들이
가벼운 봄바람 따라
물꿀렁임에 춤을 추고

갯버들꽃은 윤슬을 벗 삼아
새소리의 리듬에
이쁘게 터져 나온다

한가로운 상춘객은

시간을 멈춰 세우고
추억의 강물을 흘려보내니

지금 여기 이 순간이
너무 알려지면
나는 슬플지도 모르네

붕붕 콩콩

봄이 왔네요
가뿐하게 바람 불어

땅기운을 머금은 아지랑이는
풍선에 매달린 줄처럼
붕붕거리고

쪼맹이들은
용수철처럼 튀어 올라
콩콩거리고

비 내리는 어버이날

비 내리는 정원에
까치가 소리 내어 울며
날아갔다 오고
물어 오고 가고
분주하게 움직인다

그 자유롭지 못한 날갯짓이
그 울음소리가
나를 빗속의 여인에 빠지게 한다

사랑을 물고
한없이 바쁜 세월을 오간 여인

그녀는
나의 어머니
당신의 어머니
세상의 어머니

산

낮은 산은 사랑스럽다
나이 들어 어깨를 굽혀
어린 사람도 품어 안는다

높은 산은 자랑스럽다
나이 젊어 고개를 치들어
별과 꿈을 노래한다

산은
거기에 그대로 있어
사람의 얼굴을 닮았다

산수유꽃

네 이름을 알아 무엇하랴

이미 너는
내 마음에 들어앉았는데
벌써 너는
내 얼굴에 노란 물을 들여 놓았는데

산수유나무인들 생강나무인들
뭔 상관이 있단 말인가

산수유꽃이 산에서 핀들
생강나무꽃이 화단에서 핀들
나와 무슨 연관이 있단 말인가

나는 지금
너의 그윽한 향기에 취해
자몽하는 줄 알아라

새벽노을

아침 산이

수많은 팔을 벌려

기지개를 켜고

산에 걸리고 하늘에 걸린

붉은 구름이

해와 아침 인사를 한다

어제 저녁녘을 잊은 듯

다시 찬란한 구름 잔치를 펼친다

새싹

들길을 걷는데
봄이
막 밀고 올라옵니다

가만히 보니
햇빛이 당기고 있네요
못 이기는 척
뾰족이 창으로 하늘을 찌를 듯
불쑥 오릅니다

따사로이 시원한 바람도
어깨동무하며 지나갑니다

어린이

어린이는 점인가 봅니다

멈추지 않는

둥글둥글한 공을 닮았거든요

어린이는 긴 선이겠지요

뫼비우스 띠를 따라

한없이 달리거든요

어린이는 넓은 면일 수 있어요

큐브를 유연하게

다시 만들어 갑니다

어린이는

긴장감 도는

작은 우주입니다

좋아요

하늘에 떠 있는 공기
좋아요

땅에 흐르는 온기
정말 좋고요

사람들 사이의 향기
엄지척 할 만큼 좋습니다

한 사람의 사랑

봄 처녀가 아니어도
사랑을 하고 싶습니다

사랑을 하지 않으면
몸이 아플지도 모르겠습니다

사랑을 하지 못하면
하늘에 용서를 구해야 할지도 모르겠습니다

그 하나의 사랑이라면
나는
당신 한 사람만을 사랑하겠습니다

화창한 날에는

눈치 없이 화창한 날에는
이름 모를 사람과
생경한 사랑을 하고 싶어요

뜬금없이 화창한 날에는
그리운 사람과
어디론가 방황하고 싶습니다

난데없이 화창한 날에는
설레는 사람과
저 멀리 날아가고 말 거예요

화창한 날에는
이유 없이
그냥 떠나갈 겁니다

2부

여름 2

여름(난초)

깊은 산속에 피어
은은한 향기가
태양의 세상까지 퍼지는구나

청초한 너는
여름 녹색의 보물
보이지 않는 곳에서도
초연히 살아가는 우리를 닮았다

너와 마주하며
하루를 시작하고
너의 향기에 취하여
하루를 마감한다

난은
만인의 애인이며
여름의 시다

계단 길

나랑 오르고
너랑 오른다면

한 걸음 기다리고
또
한 걸음 기다린다면

숨 가쁜 오르막 계단 길도
언제나 가벼운 길입니다

고개 들지 않아도
무지개 보이는 계단 길입니다

기다리는 꽃

남녀가 자전거 길을 달린다
여기 꽃 예쁜데 사진 찍고 가자

꽃처럼 아름다운 산뜻한 울림에
고개 돌려 보니
그들은 보이지 않았다

꽃들은 여전히
햇살과 바람과 어우러지며
그 사람들과 이야기하려
오늘도 그렇게 기다리고 있다

꺾여진 꽃

예쁜 꽃이
살고 있었습니다
하늘을 바라보면서

어느 날
완전히 꺾여
꽃이 땅에 부딪쳤습니다

순간에서 순간으로
흐르고 흘러…

꽃이 고개를 쳐들었어요
하늘을 향하여
나를 보면서

아, 순간 숨이 멎었고
바람도 주저앉았습니다

그 꺾여진 꽃은

지구를 들었습니다

빛이 물을 만나 반짝이듯이

꽃을 보자

오늘,

꽃을 보자

내일은,

저 꽃이 질지 모르니

나무 사이

겨울나무 사이가 넓어
덤덤하였지

봄 가고 여름 오니
바짝 가까워졌네

여유로운 나무는
짙은 녹음을 내뿜으며
당신처럼
나의 눈을 반짝이게 하네

나무와 새

큰 나무 꼭대기에
커다란 새 둥지가 있습니다

어제는 비 내리고 또 내리며
오늘은 바람도 세차게 불어
나무가 부러질 듯
둥지가 부서질 듯

씨줄 날줄보다 더 촘촘하게 짜여진
작은 공간
비바람은 이기지 못하고
물러갑니다

물어 나른
작은 나뭇가지 하나가 비 한 방울을
다른 잔가지 하나가 바람 한 결을
또 다른 지푸라기 하나가 눈 한 송이를 품은
새들의 보금자리

그렇게

어린 새를 보듬었습니다

어린 새는

나무의 가지와 줄기를 노래하고

땅과 뿌리에 감사하며

하루 종일 재잘거립니다

나무는

우리의 어머니입니다

나에게도 사랑이

나에게도 어떤 사랑이
생기지 않을까요

카메라에 잡히지 않은 풍경처럼
그렇게 오겠지요

밤하늘의 별빛이
나의 얼굴에 내려앉듯이
그렇게 일어날 것만 같아요

어느 날 꽃향기가
나의 눈을 매혹하듯이
그렇게 피어나겠지요

그렇게
사랑이 다가오고 있습니다

낮달맞이꽃

초여름 아침
경안천에는 실풀들이 물결을 이루고
소금쟁이가 별처럼 움직인다

누리길 탐방로에는
접시꽃이 서로 다른 색으로 모양을 뽐내며

넓지도 길지도 않은 길은
많지 않은 사람들에게
낮달맞이꽃을 선물한다

그 꽃은
늘씬한 접시꽃 끝에 살짝 걸린
흐릿한 그믐달에 손 내밀어
보이지 않는 무언의 사랑을 나눈다

그 길에는
꽃이 걷고

사람이 걸으며

바람과 달이 함께 걷는다

달리다

강가에서 자전거로 달리니
멀리 서 있는 나무도 함께 달립니다
조금 더 가니
나를 반기며 달립니다.

더 가까이 달리니
그 나무가 내 뒤로 달리고
그 자리의 꽃들도 풀들도
함께 보이지 않습니다

강물에 떠다니는
수많은 물별들은
나를
순간에서 영원으로 초대합니다

그리고
또
달립니다

바위 바람

바위 틈 사이에서
불어오는 바람이
내 몸의 찐득함을 가져가고

햇살은 포근하게 맞아 주며
바위는 전설을 이야기하고
소리 없는 함성이 메아리친다

별 이야기

별이 아름다운 것은
어두운 밤하늘을
밝히기 때문이요

별이 사랑스런 것은
새하얀 낮에
해보다 덜 밝기 때문이고

별이 반짝이는 것은
나와 친구하자고
너와 이야기하자고
밤새도록 윙크하는 것입니다

비스듬한 나무

강가에
큰 나무 한 그루 서 있네
비스듬히 기울어 고개 숙이고

한여름의 그 큰 물결
그 많은 부유물들을
견디어 낸 그대

고니새는 날아 오고 가고
고추잠자리는 머리끝에 앉아
고요의 날갯짓하네

어제도 오늘도
그 자리에서 고뇌하며
세월의 더께를 끌어안아
지금도 버티며
작은 숲을 품어 생명을 꽃 피우네

빈 배

바람 없는 날이면
노를 저어 가고

바람 부는 날이면
돛을 펼쳐 가고

배를 타고 가자
내일을 향해

빈 배는
파도를 걱정하지 않는다

산어머니

깊은 산속
바위는 이끼색
햇살은 하늘색이네요

산바람이 전하는 노래에
구름이 춤추며
하늘 공연을 하고

풀들과 나무
서로 바라보며
세월을 이야기하지요

달빛도
살살 내려와
흐르는 계곡물과 춤을 춥니다

어머니처럼
요구하지 않고 품어 주는 그대는

산입니다

묵묵히 바라볼 뿐입니다

숨

산에 있을 때
더 많은 숨을 만들자

선인들은 글을 지었는데
우리는 사진을 찍고
영상을 담는다

글이
사진이
영상이

계곡 속에서 생명이 되고
나를 만들어
자연의 소리를 입는다

어른

나는 언제쯤 어른이 될까
나는 어떤 어른이 될까
궁금하였지

선물 같은 그 아이가
엄마라고 불러 주었을 때

보석 같은 그 아이가
아빠라고 불러 주었을 때

비로소 그때
나는
어른이 되었다

잎새별

숲속은 바람이 고요하고
온 생명을 품으며
또 하나의 세상이 된다

눈을 들어 하늘을 보니
나무 잎사귀들이 서걱거리며
서로 부비고 있다

나뭇잎 사이로 내려오는 하늘빛은
나의 눈을 간지럽힌다

한 걸음 걸으니
내 마음의 별이 되고
두 걸음 걸으니
당신 가슴의 별이 되며
또 한 걸음 걸으니
우리 모두의 은하수가 되어
강물처럼 흐른다

한낮의 숲속에는

잎새별들이

총총하게 살아간다

* 잎새별: 나무의 잎사귀 사이로 반짝이는 하늘빛

장마

두물머리가 저 너머 보이는 강변
8월 한복판
장대비 쏟아져 내리는 그 쉼터

낡은 파라솔 사이로 떨어지는 빗방울
젊은 시절의 앳된 음악
사랑스런 쌍쌍의 남녀들
바닥에서 다시 튀어 오르는 빗방울

멜랑꼴리한 분위기에 취하면서도
축축한 분위기가 마냥 좋지 않은
그 순간
폭우 속 우비를 입고 달리는
지긋한 남녀 무리들
저절로 터져 나오는 박수 소리

황소 같은 누런 강물은
내 가슴과 머리에 쌓인

무거운 덩어리를 흘려보내고

달리는 사람들은
머리 위의 비와 바람을 벗 삼아
강물의 속살을 밀어 보낸다

젊음, 그대

울지 말아요 그대
기적은
포기하는 순간 일어납니다

추워야 피어나는 눈꽃처럼
당신도 꽃입니다

고인 물에 빗방울 떨어져
튀어 오르는 왕관처럼
그대는
그 왕관의 주인공입니다

당당한 나
나는 나

정원에서

이른 새벽
청량한 정원을 거닐었다

별같이 많은 꽃 색을
헤아려 무엇하리
그냥 아름다운 걸

꽃으로
나는 너의 포로가 되었고
너는 나의 친구가 되었지

꽃 색으로
나는 마음의 부자가 되었고
너는 정원의 주인이 되었다

하루 덤

새벽에 눈을 번쩍 떴다
월요일 출근 준비를
순서대로 정확하게 하였다

어, 신문이 안 왔네
빠뜨린 적이 없었는데

텔레비전을 틀었다
아, 일요일이구나

너무나 기쁜 마음에
바로 아파트 앞 전망대에 뛰어올랐다
안개 낀 강물은 여전히 도도하게 흐르고
해는 떠올랐으며
차들은 어디론가 달리고 있었다

반복되는 일상의 시간인데
새로운 세상이 열린 것처럼

1년이 새로 생긴 것 같은 오늘

순간에 충실하고
사람들에 감사하며
모든 것들에 고마움을 느낀다

그래,
마냥 노래하는 저 새들처럼
오늘을 살아가야지

3부

———

가을 2

가을(국화)

가을의 선물은
국화입니다

자태는 화려하나
가볍지 않으니
눈에서 멀어지지 않고

향기는 그윽하나
무겁지 않으니
코에서 떨어지지 않습니다

이 가을의 깊은 속을 품은 국화는
언제 어디서 피어도
곧으며 기품이 있습니다

가을 국화는
철학자의 깊은 울림을 노래합니다

가을 냄새

어제 가을 햇살에는

볍씨 말리는 냄새 나고

오늘 가을 햇살은

낙엽 태우는 커피 냄새 진동한다

또 가을 햇살에는

하늘 익어 가는 냄새 내려온다

가을 손님

손님 오듯이 왔다가
슬며시 떠나가는 당신
다음에는 오지 마세요
마음이 텅 비거든요

사랑 오듯이 다가와
말없이 떠나가는 당신
나에게는 오지 마세요
가슴이 아리거든요

오는 너를 막을 수 없고
가는 너를 잡을 수 없다면
나는 너를
기꺼이 외면할 거예요

가을님
나를 사랑해 주세요

가을에

가을바람 한 결에
마음 아파 본 적 있는가

떨어지는 낙엽 한 잎에
가슴 미어진 적 있는가

떠다니는 구름 한 조각에
웃음 쓸쓸한 적 있는가

지금
니가 그립다

가을 하늘

가을 하늘을 바라보면
푸르스름한 빙하처럼
눈이 시리고

가을 하늘을 가리키면
손가락이 하늘색으로
곱게 물드네

가을 하늘은
빈 가슴을 둥근 설레임으로
가득 채우네

가을 한 잎

봄에 꽃봉우리 불쑥 올리고
여름에 꽃 피우더니
이제 그 무성한 시간을
떠나려 합니다

가을 한 잎이 되어…

당신에게
이별을 고하는 것은 아닙니다

이 가을
더 맑아지고
더 깊어지겠습니다

나이테

아파트 물 숲 정원 작은 연못에
아이처럼 돌을 던지며 논다
물 나이테가 퍼져 나간다

가장 안쪽의 동그라미에
앳된 내 얼굴이 너울거리고

그리고 또
여러 얼굴이 이어 출렁이며

바깥의 큰 원에
나이 든 내 얼굴이
이내 지나간다

세월의 더께가 입혀진
서로 다른 얼굴이
하나 되어 사라진다

반복되지 않으면

역사가 아니라고 하였던가

일상이 정지된

검은 울타리에 둘러싸인 연못에도

하늘이 흐르고 꽃이 피고

무심하지 않은 듯

돌 던지는 반백의 어른은

아이처럼 이러고 논다

낙엽

낙엽이 바람에 날려
땅에 수북하게 쌓인다
가볍게 뒹굴기도 한다

그 모습에 가슴을 조아리며
따뜻하게 만져 본다
내 어머니 거친 손 같으랴

가을이
천천히 간다

너에게

해 뜨니
꽃 피고 꽃 지며
새 날으네

해 지니
별 빛나고 별 스러지며
달도 밝구나

내 마음
새벽이슬에 담아
너에게 보낸다

다랑논

다랑논 논둑길

굽이굽이에

가을이 익어 갑니다

층층 다랑논에

농부의 구슬땀 거름되어

일 년의 시간이

무르익고 있습니다

다시, 오늘

어제와 다른 태양
오늘의 구름
내일로 가는 바람

산비탈 내려온 작은 돌
시간 머금은 나무 조각들

모퉁이에 새로 올라온 풀
바삐 움직이는 곤충들
애정 어린 누군가의 눈동자

오늘
설레이는 선물입니다

달빛 노래

마음에 담아 둔 사랑 있으면
그리운 생도 아름다울 텐데

가슴에 담아 둘 사람 있으면
고독한 생도 따사로울 텐데

우리,
아직 남아 있는 길에
따스한 달빛 노래합니다

달을 업었어

저녁 산책길
내가 달을 업었어

이제
그대 인생 환히 빛나길

휘파람 불며 내려온다

당신의 향기

아름다운 사람을 만나면
나는 왜 눈물 흘리는가
세월의 향기에
취하기 때문이리라

아름다운 노래를 들으면
나는 왜 눈물짓는가
천상의 향기에
춤추기 때문이리라

아름다운 시를 읽으면
나는 왜 눈물 적시는가
마음의 향기에
반하기 때문이리라

그래요
내가 눈물짓는 이유는
너의 아름다움 너머
당신의 향기 때문입니다

두 바퀴

너와 나 삶의 동그라미는
뒷바퀴를 따라가는 앞바퀴처럼
자연스럽다

두 바퀴에는
삶의 안단테가 흐른다

만추

기다림이 길었습니다

찬바람 불어
함박잎 지니
괜스레 설레이고

가을비 젖은 낙엽
겹겹이 바닥에 누우니
괜스레 외롭네요

걸어가는 발걸음에
무심히 차이는 낙엽
괜스레 눈물이 흘러내립니다

늦가을 기다림의 끝자락
당신과 사랑하고 싶습니다

벌써, 정년

뭔 대단한 일이라고…

그저 머리가 희끗해졌을 뿐이고
눈이 침침하고
목소리가 좀 탁해졌을 뿐인데

한 세월 잘 지내다 갑니다
한 세상 헤쳐 나가느라
숨이 좀 찼을 뿐입니다

무지개처럼 노을처럼 윤슬처럼
장미꽃 닮은 색색깔깔의 그 아이들은
눈길과 손길이 가던
들꽃 닮은 무채색의 그 아이는

지금
어떻게 살고 있을까

청출어람

가슴이 벅차오릅니다

이제,

생각해 보니

정년이 좀 대단하긴 하네요

하늘에 떠 있는 꽃구름이

하늘에 반짝이는 별들이

하늘을 지나가는 바람이

지금

하늘 칠판에 시를 지었습니다

'선생님은 사람꽃을 가꾸는 정원사'라고

오늘은

아름다운 날입니다

삶의 속도 줄이니

사소한 어떤 풍경이
보입니다

좀 더 인간미 있는 삶이
보이기 시작하였습니다

교통 표지판이 선명하게
다가왔습니다

직진보다는 유턴하는 것이
부드러워졌습니다

심호흡을 하지 않아도
편안합니다

지구가 천천히 돌고 있다는 사실이
느껴집니다

작은 꽃과 먼 별들이

커다란 모양으로 가슴에

들어와 앉습니다

속도보다는

방향이 그려지고 있습니다

새

하늘과 땅 사이를
자유롭게 날아 새구나
이 세상 더 많은 향기로
가득 채워 주렴

어둠과 밝음 사이를
거침없이 날아 새구나
모든 사람을 선한 이로
색칠해 주렴

너와 나 사이를
마음대로 날아 새구나
이 그리움을 임에게
전해 주렴

내 마음의 새는
오늘도 내일도 높이 날아
다시 우리에게 내려온다

서로

단풍나무가 묻기를
너는 나처럼
울긋불긋하지 않네

은행나무가 답하길
너는 나처럼
샛노랑이 아니잖니

하늘 햇살이 미소 지으며
그래,
너희는 서로 참 아름답구나

여인

어머니는
여인이었나요

여인이 아니었어요
여인일 수 없었습니다
여인이고 싶지도 않았습니다

여인은 없어요

우리의 어머니들은
그냥 어미일 뿐이었습니다

퇴직, 설레임

개미처럼 바쁘게
캥거루처럼 힘차게
뜀박질 하였네
문득 돌아보니…

이제 가는 길은

마침표 아닌
쉼표와 물음표 중간쯤 어디겠지
끝남이 아닌 새로움
물러섬 아닌 설레임일 거야

이제까지 하지 않은 짓과
아직까지 하지 못한 일을
하는
즐거움이지

4부

─────

겨울 2

겨울(대나무)

찬바람에 흔들리기 위하여
속이 빈 대나무

높은 키에 어울리는
지조의 줄기 마디 잎사귀
차곡차곡 올려
댓잎 우산 이루었네

눈보라에 꺾이지도
굽히지도 않아
천 년 생에 꽃 한번 피운다

서걱서걱 서늘한
댓잎 소리에 귀 기울이니
설익은 봄 내음 뿜어낸다

이제야 알겠네
겨울 대숲 안이 따뜻한 이유를

겨울 밤

찬 기운에 지쳐
아스라이 멀어지는 별

그래도 고개 들어 바라보고
손에 쥐어 본다

내 마음에 내려온 별은
가슴속에서 반짝이며
따뜻한 우주를 선물한다

별들이 흐르는
겨울밤도 좋다

겸손

우린 언제부터 겸손하지 않았나요

그 많은 시간을
주머니에 가지고 다니면서
그 많은 기억을
머리에 가득 넣고 움직이면서

무한대를 가지고 놀 수 있다고
자신하였네요
0과 1이 모든 것을 해 줄 수 있다고
과신하였네요

너무나 작은 바이러스에
보이지 않는 바이러스에
많은 사람 모두가
죽은 척하며 살아야 하는
이 세상이
슬프고 헛웃음 나네요

지나가는 바람에도

스쳐 가는 향기에도

내려오는 햇빛에도

우린 언제나

두 손을 모아야 할 것 같습니다

우리 이제부턴

자랑하지 않는 꽃처럼

겸손해야 할 것 같습니다

그루터기

누가 자리만 차지하는
그루터기라 하는가

비에 젖고 눈이 얼어 생긴
나이테 틈새에
새로 피어난 파릇한 새싹

주름에 눈물과 살을 녹여
아낌없이 사랑을 주는
희망의 새 집이 지어졌네

모두 주고 떠나간 내 님은
오늘도 그렇게 서 있구나

길 없는 길

길을 걸어갑니다

끝없이 이어진 길
밝은 길

어두워지면서
점점 보이지 않아
길 없는 길이 되었습니다

마음의 등불을 켜고
생각의 촛불을 밝혀서
가려 합니다

나는 나와 손잡고

다시 밝아질 길
한없이 이어질 길을
또 다시 가볍게 걸어갑니다

노송

산비탈에 서 있는 너는
고고한 외다리 학을 닮았구나

은은한 솔향기 흩뿌리며
세상 공기를 밀어내니
대쪽 절개로
순박한 백성을 흠모하였던
선비의 기개로다

한반도 산하를 내려다보는 소나무
너는
담담한 나무로구나

눈꽃

찬바람 마다 않고
춤추며 내려오는 너는
육각수를 닮았구나

차가운 생명수로 변하는 눈꽃
그 꽃은 아름다워라
나의 생명

눈은 꽃처럼 내리고
너는 눈꽃처럼 눈부시다

당신이 좋습니다

해 넘어가는 서쪽 바다 위
고적하게 떠가는
조각배 같은
그런 당신이 좋습니다

풍금소리 나는 음악을 들으며
화장대에서 잔주름 화장을 고치는
소녀 같은
그런 당신이 참 좋습니다

친구 가족 세상사 안주 삼아
깔깔거리며 한잔할 수 있는
친구 같은
그런 당신이 정말 좋습니다

맑은 눈

지붕 끝의 고드름이
아직은 차가운
봄기운을 이기지 못하고
조금씩 몸집을 줄여 가며
영롱하게 빛나는
점 하나를 달고 있다

개울가의 얼음장 밑에서도
두께를 줄여 가며
또 다른
영롱한 점 하나를
떨구려 한다

그 겨울을 견뎌낸
우리 아이들 같은
따뜻하게 빛나는 눈물 한 방울

너는
참 맑은 눈을 가졌구나

바람, 바람

여기서 부는 바람
저기서 부는 바람

오늘 부는 바람
내일 부는 바람

뜨거운 바람
차가운 바람

오늘도
세상 바람이 보인다

발자국

앞으로 걸어간다

위로 올라간다

옆으로도 간다

눈길을 가다

문득

뒷걸음으로 걸어 본다

내 발자국 보고 싶어서

별들의 대화

별이 별들에게
말을 건넨다

어두운 밤이 되어서야
비로소
반짝이는 별이 된다

내 가슴속의 별은
너의 마음에서 빛난다

북두칠성

하루의 빛이 시작되니
사람들이
저마다의 빛으로 몸짓한다

하나 별
두 별
세 별
네 별

하루의 빛이 느려지니
이젠
하늘빛 별들이 반짝인다

별 넷
별 다섯
별 여섯
별 일곱

일곱 별은

그 자리에서

오늘을 아름답게 지휘합니다

삶의 사계절

삶은

꽃이 피고 지는 것이고

사는 건

만나고 헤어지는 것이지요

그래요

봄 여름과 어깨동무하고

가을 겨울과 친구하며 살아가요

내 삶에

사계절이 담겨 있어요

세상은 멈췄지만

시계는 멈췄지만
사계는 멈추지 않는다

숨 쉬기 버겁지만
사계는 슬퍼하지 않는다

리듬은 떠나갔지만
사계는 흔들리지 않는다

감옥이 친구 되었지만
사계는 답답해하지 않는다

이상하고 무거운 세상에도
사계는 늘 그렇게
담담하게 단단하게 다가온다

슬픔이 있어

목소리에
슬픔이 배어 있어
아름다운 당신

눈가에
슬픔이 묻어 있어
따사로운 당신

나에게 슬픔을 주는 당신

가까이 가고 싶습니다
당신이 다가오지 않는다면 기다릴 겁니다
기다리는 기쁨을 가득 안고
하늘 같은 눈으로 바라볼 겁니다

마침내
다가오는 찬란한 당신을
우리는 바다 같은 품으로 안아 줄 겁니다

씨앗

단단한 씨앗들아
봄을 준비하자

묵직한 씨앗들아
봄바람을 맞이하자

마음속에서 움트는
씨앗의 속삭임은
봄의 리듬에 춤추고 있다

아버지도 운다

돌부처가
가만히 앉아 있다

쌓인 눈이 녹으며
한쪽 눈가로 흘러내린다
억수비가 쌓이더니
두 눈에 눈물이 고여 흐른다

맑은 날
무심한 듯 잠깐 웃고 있기도 하지만

가끔은
옆으로 넘어져
장밋빛 붉은 눈물을 조용히 떨군다
지난 시간을 토해 내듯

이내
몸 일으켜 돌아 앉아

어깨 굽어져

비로소 드넓은 숲을 바라본다

아버지는 울지 못한다

아버지는 울지 않는다

여행

여행은 참 좋다
설렌다
가 보니 더 좋다

멋진 곳을 만나기 위해서라고
힘주어 말하지 않아도 괜찮다

이 멋진 세상을 보기 전에
엄마 속에서
이미 열 달 여행을 하였다

이 풍진 세상을 맛 본 후에도
나무통 속에서
계속하여 여행을 할 것이다

어떤 여행이든
언제 여행하든

이내

밤을 이기게 하는 고마운 손님

밤도 낮도 아닌 외로운 손님

'이내'는 없는지도 모른다

낮과 밤이 교차하는

짧은 시간이기에

우리는 이 시간에

밤의 외로움에 대비한다

밤의 두려움에 대비한다

외로움을 잘 상대하면

두려움을 잘 상대할 수 있다

사람의 온기가 한다

사랑의 온기가 한다

밤이 온다

사람을 이야기하자

사랑을 이야기하자

* 이내: 일몰 직후 낮과 밤이 교대하는 낮도 밤도 아닌 애매모호한 시간의 하늘

청춘의 사계

빼앗긴 들에도 봄은 오는가
노량진에도 캠퍼스에도
봄은 올 수 있는가

청춘을 보면서 나는 울었습니다
빛나는 아름다움 때문에
청춘을 알면서 나는 또 울었습니다
빛 잃은 아름다움 때문에

나는
울지 않을 수 없었습니다
오는 가을과 겨울
가는 봄과 여름
사계절을 그냥 보기만 하였으니

커다란 호수에 검은 한 방울 떨어져
흐려지겠냐고
애써 가볍게 생각하였으니

큰 뜻을 품은 사람이 아니어서
미안하다는 말로
살짝 돌아갈 생각은 없습니다

내 일이 아니어서
본의 아닌 외면이라고
더더욱 말하고 싶진 않습니다

커다랗게 인생 한 바퀴 돌아오니
미안함의 눈물이
저절로 흘러내릴 뿐입니다
처마 끝에서 말없이 떨어지는
저 빗방울처럼

그 한 방울 한 방울이
검은 한 방울을 품어 이끌어
넓은 바다로 흐르겠지요

빛나는 소금 맛 한 방울을 드립니다

지금 이 계절에

한계령에서

10월의
무지개처럼 찬란한 단풍은
어디에 감추고
새하얀 눈꽃 터널을 만드셨나요

나무마다
솜털 같은 눈꽃이 피었습니다

눈꽃비 내린 자리마다
눈꽃나라 화가가
그림을 그립니다

힘에 겨운 가지는 버드나무 되어
본향인 대지에
입맞춤하려 합니다

이제
다 버리고 돌아가라고

제발

눈꽃 눈물 한 방울도 흘리지 말라고

저 설악은 나에게

찬바람으로 속삭입니다

윤여칠 시인의 제2 시집『오늘, 꽃을 보자』에 수록되어 있는 시들은 공히 순환하는 사계절과 걸음을 함께한다. 봄의 시들, 여름의 시들, 가을의 시들, 겨울의 시들로 나누어져 구성되어 있는 것이 이 시집이다.

시인은 하루하루의 삶을 변화하는 사계절에 감탄하고, 사계절에 감사하고, 사계절을 찬양하며 살아가고 있다고 고백한다. 물론 사계절, 봄, 여름, 가을, 겨울은 대자연의 질서가 구체적으로 구획을 지으며 현현되어 있는 모습이다.

시인은 시를 통해 대자연의 질서, 구체적으로 말해 사계절의 질서에 순응하며 마음의 평화를 얻으려고 한다. 그로서는 조선시대 선비들이 줄곧 강조해 온 본연지성에 충실한 삶을 살고 싶은 것이다. 봄처럼 화사하고, 여름처럼 따사로우며, 가을처럼 풍요롭고, 겨울처럼 단단한 삶 말이다. 이를 두고 시인은 근원적인 행복감을 누릴 수 있는 삶이라고 말한다.

그가 보기에 봄은 "2월에 서둘러 꽃을 피우는/매화인

듯"(「봄 2」)하고, 여름은 "깊은 산속에 피어/은은한 향기"(「여름 2」) 퍼뜨리는 난인 듯하고, 가을은 "자태는 화려하나/가볍지 않"고, "향기는 그윽하나/무겁지 않"(「가을 2」)은 국화인 듯하며, 겨울은 "높은 키에 어울리는/지조의 줄기 마디 잎사귀/차곡차곡 올려/댓잎 우산 이루"(「겨울 2」)는 대나무인 듯하다.

이처럼 변화하는 사계절의 질서와 함께하는 가운데 느끼는 희로애락애오욕의 정감을 별다른 꾸밈없이 노래하고 있는 것이 이 시집이다. 그에게 순환하는 사계절은 나날의 일상이며 인생 자체인 것이다. 자연 그대로의 본연지성과 더불어 살아가려 하는 그의 삶에 삼가 경하를 드린다.

이은봉
(시인, 광주대 명예교수, 대전문학관 관장)

꽃오늘,
꽃을보자

© 윤여칠, 2021

초판 1쇄 발행 2021년 2월 1일
    2쇄 발행 2022년 4월 25일

지은이   윤여칠
펴낸이   이기봉
편집   좋은땅 편집팀
펴낸곳   도서출판 좋은땅
주소   서울특별시 마포구 양화로12길 26 지월드빌딩 (서교동 395-7)
전화   02)374-8616~7
팩스   02)374-8614
이메일   gworldbook@naver.com
홈페이지   www.g-world.co.kr

ISBN   979-11-6649-281-5 (03810)